쑥대밭

쑥대밭

제16호

고요아침

이태준과 조운

이태준李泰俊의 수필집 『무서록無序錄』에는 「일분어一分語」란 글이 실려 있습니다. 이렇게 시작됩니다. "십분심사 일분어十分心思一分語란, 품은 사랑은 가슴이 벅차건만 다 말 못하는 정경情景을 가리킴인 듯하다." 이어지는 문단은 이렇습니다. "이렇듯 다 말 못하는 사정은 남녀간 정한사情恨事에만 있는 것이 아니라 일체 표현이 모두 그렇지 않은가 느껴진다. 부끄러워서가 아니라 뜻을 세울 수가 없고, 말을 붙일 수가 없어 꼼짝 못하는 수가 얼마든지 있다." 그리고는 글의 말미를 이렇게 갈무리합니다. "설화說話나 문장이나 그것들이 한 묘妙의 경지境地의 것을 발표하는 기구器具로는 너무 무능한 것임을 요새 와 점점 절실하게 느끼는 바다. 선승禪僧들의 불립문자설不立文字說에 더

욱 일깨워짐이 있다."

일찍이 문장론으로 일가를 이룬 상허尙虛의 토로이기에 무겁게 와 닿습니다. 더구나 수많은 낱말을 불러 쓸 수 있는 자유가 어쩌면 무한대로 허여된 산문가의 자탄이 이럴진대…… 시를 쓰는 입장에서 밀려드는 착잡함을 떨치기 어렵습니다. '십분심사십분어十分心思十分語'는 고사하고 '십분심사'에 '백분어百分語', '천분어千分語'를 지껄여 온 게 아닌가 하는 자괴감을 떨칠 수 없습니다.

최근 반성의 기미가 드문드문 나타나고는 있지만, 아직도 우리 시는 수다와 요설에 갇혀 있습니다. 질주하는 언어의 등에 올라타서는 그 고삐마저 헐렁하게 잡고 있다니…… 바라보기에도 참 위태롭습니다. 말을 줄여야 합니다. 침묵을 딛고 말이 나와야 합니다. 절제와 압축과 함축이 그래야 가까스로 깃들일 수 있습니다. 시의 본령을 향해 나아가는 길이기도 합니다.

정작 소통도 잘 되지 않으면서도 들입다 퍼부어대는 언어에 시달려 지칠 때마다 조운曺雲의 시조를 펼쳐 읽습니다. 명편이 주는 위안에 심신을 기대게 됩니다.

매화 늙은 등걸
성글고 거친 가지

꽃도 드문드문
여기 하나
저기 둘씩

허울 다 털어버리고 남을 것만 남은 듯.

　　　　　　　　　　　—조운, 「고매古梅」 전문

　곰곰 새겨 읽으면 읽을수록, 시의 언어를 어떻게 다루어
야 하는지 그리고 시는 정작 어떠해야 하는지에 대한 해답
의 실마리를 떠올려줍니다. 그것도 깊은 울림과 함께 떠올
려줍니다. 그리고 조운의 시조에는 마침 저희 〈작은詩앗·
채송화〉를 위해 써 놓은 듯한 작품이 있어 더욱 정겹기도
합니다.

불볕이 호도독호도독
내려쬐는 담머리에

한올기 채송화
발돋움하고 서서

드높은 하늘을 우러러
빨가장히 피었다.

　　　　　　　　　　　—조운, 「채송화」 전문

그렇습니다. 저희 동인은 "불볕" 마다하지 않고 시의 궁극을 향해 "드높은 하늘을 우러러" 한 걸음 한 걸음 "발돋움하"겠습니다.

작은詩앗·채송화

김길녀_나기철_나혜경_복효근_오인태_윤 효(글)_이지엽_정일근_함순례
김남조(고문)

| 차례 |

■ 여는 글

■ 한국의 명시

■ 초대시

■ 채송화의 친구들

絶頂

이육사

매운 季節의 채쭉에 갈겨
마침내 北方으로 휩쓸려오다

하늘도 그만 지쳐 끝난 高原
서릿발 칼날진 그 우에 서다

어데다 무릎을 꿇어야 하나
한발 재겨 디딜 곳조차 없다

이러매 눈 감아 생각해 볼밖에
겨울은 강철로 된 무지갠가 보다

초대시

고 은 | 정진규 | 강은교 | 최돈선

비탈에서

고 은

날아가는 벌 좀 보아
날아가는 벌의 두 다리 좀 보아

저토록이나
허허로운 두 다리 좀 보아

두둥실 구름아

내 숨찬 두 다리의 허위허위 행로 내려다 보아
가련타
가련타
혀 차며
좀 내려다 보아

개울 가에서

고 은

내 개울물
먼 데 바다를 모른다

나 또한
가까운 내일 모레도
먼 저승의 어느 날도 통 모른다

고 은 ㅣ 1933년 전북 군산에서 태어난 시인은 1950년대 후반에서 오늘에 이르기까지 한국 현대사의 격랑을 오직 붓 한 자루로 헤쳐 나왔다. 그런 가운데 우리 시의 지평을 세계로 넓혀나가는 데에도 앞장서고 있다.

바다절

정진규

  큰 물고기 한 마리 지중해 한가운데서 고요의 감옥으로 높게 튀어 오르는 걸 마침내 상면相面하였습니다 바다절 은어사銀魚寺 한 채 허락하셨습니다

파초

정진규

　우리 집 마당 율려정사律呂精舍 앞에 파초 한 그루를 심고 길을 냈습니다 사람이 오를 수 없는 키로 하늘 지붕의 높이까지만 갔습니다 더는 넘보지 않았습니다 율려律呂의 정체正體를 보이셨습니다 은유의 실체를 보이셨습니다 우리 집 마당 관음觀音의 세 번째 자제이십니다

정진규 ┃ 1939년 경기도 안성에서 태어난 시인은 60년 가까운 시력을 가꿔오면서 시와 산문이 둘이 아님을 보여주었다. 동양적 직관과 생태적 사유를 바탕으로 한 율려律呂의 시학으로 시의 진경을 열어가고 있다.

낯선 길

강은교

낯선 길을 찾아간 적이 있네

낯선 길 속에 숨은 낙숫물 소리를 찾아간 적이 있네

낯선 길 속에 숨은 등불 타는 소리를 찾아간 적이 있네

낯선 길 속에 숨은 눈사태 헐떡이는 소리를 찾아간
적이 있네

낯선 길 한 귀퉁이에 숨고숨는 너, 너의 심장뛰는 소리

아야, 모든 길은 처음 가는 길, 낯선 길, 가슴 뛰는 길

모퉁이집

강은교

꽃그림 그려진 거기
자갈길 흩날리는 곳
푸르디 푸른 그
그곳으로 사라지고
연꽃잎 연분홍
그곳으로 사라지고

꽃그림 그려진 거기
자갈길 흩날리는 곳
모든 꿈꾸는 것들
그곳으로 사라지고

강은교 | 1945년 함남 홍원에서 태어난 시인은 시집 『허무집』을 시작으로 근래 『바리연가집』에 이르기까지 선홍의 개성적인 목소리를 견지해 왔다. 우리 시의 색다른 영역을 확보하며 매혹의 빛을 더해 나가고 있다.

가난

최돈선

서녘 노을가게에 달랑 남은
햇빛 두 됫박을 사와서
흙벽에 발랐더니
그만 한 귀퉁이가 모자랐다
가난이 처마 밑에 웅크리고 앉아
밥 달라고 보챈다
저녁엔 밥그릇 같은 달을 따와
빈속을 채워야겠다

흑백사진

최돈선

난 묵은 앨범 속 흑백사진이에요
윤곽이 흐릿한
검은 색조의 색소폰이죠
유랑서커스가 온 날 저녁 풍경이
늘 그렇게 열려요
저녁 산이 마을로 내려와
천막을 기웃거리던 날
삽살개 흐릿한 불빛에 꼬리 밟힌
그날

깨갱……

최돈선 | 1947년 강원도 홍천에서 태어난 시인은 1970년 〈월간문학〉과 1971년 동아일보에 각각 시와 동시가 당선되어 작품활동을 시작했다. 쉽고 간결한 언어로 원초적 동심의 세계를 구현해 내기 위한 시를 쓰고 있다.

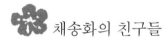 채송화의 친구들

김성장 | 김승현 | 김주대 | 박노식 | 양전형 | 윤범모 | 이승하 | 최춘희

가을

김성장

아이들이 물건에 이름을 붙이고 있다
책상에 책상이라고
유리에 투명하다고
너의 등에 아름답다고

그런데 가을은 어디에 붙여야 하나
수빈이가 가을을 들고 사방을 둘러본다

수빈이 둘레에 갈잎이 흩날린다
아이들이 잎을 줍는다

꽃 진 다음에

김성장

꽃을 보러 가자
하지 않으시고
꽃 진 다음에 가자
하셨지요

꽃 피기 전의 떨림도
피어 있는 날의 흔들림도
우리들의 것이 아닌가요

그대는 왜
꽃 진 날의 폐허나 보자
하시는지요

김성장 | 1959년 충북 청주에서 태어나 1988년 〈분단시대〉로 등단하여 『서로 다른 두 자리』등의 시집을 냈다. 시의 가을에 닿기 위해 천천히 걷는 가운데 전국 문학관을 돌며 기행문을 곁들여 쓰고 있다.

만남

김승현

스위스 한적한 벤치에 무심히 앉았다가
임자 모를 펜 한 자루 주웠다
누군가의 손에 들려 알파벳 쓰던 너
내 손에 와서는
유창하게 한글을 쓰네
착하다
반갑다
우리의 소중한 만남.

예감

김승현

그것을 감내해야 한다
이국땅의 청중 부재
객석을 보지 않으려
두 눈 지그시 감고 현을 퉁기면
일제히 일어서는 예감의 함성
세월은 그렇게 흘러간다
가느다란 현들이
무시로 칼날이 되어
아프다 손끝이 아프다.

김승현 | 1962년 서울에서 태어나 2005년 〈문학시대〉로 등단했다. 등단 이후 해외에 머물며 "잠 못 이뤄 뒤척인 새벽 끝엔/새야, 나도 너처럼 울고프다."는 디아스포라의 고뇌와 갈망을 담아낼 첫 시집을 준비하고 있다.

자목련

김주대

하고 싶은 말 못한 이들
봄밤에 뛰쳐나와
목련나무 가지에 혀를 매단다
말들 피어나는 소리
귀가 먹먹하다

유품

김주대

어떤 이름을 보고 한참 울었다면 그 이름은 언어가
아니라 그 사람이야.

김주대 | 1965년 경북 상주에서 태어나 1989년 〈민중시〉, 1991년 〈창작
과비평〉으로 등단하여 『사랑을 기억하는 방식』 등의 시집을 냈다. 풍경
과 나란히 걷는 시인이길 원하며 시를 써 가고 있다.

빈집

박노식

한 뼘쯤 대문이 열려 있다

감나무 그늘 안은 고요하고
현관문 앞에서 고양이는 빗자루처럼 누워 있고
빈 먹이통엔 개미떼 소란스럽다

우체부는 몇 통의 안부를 내려놓고 우물가로 간다

호스의 물이 뜨듯하다

동가리* 가는 길

박노식

가는 길이 깊어서
뒤통수에 별이 붙는 줄도 몰랐다

잠시 차에서 내려
고개를 들고 한 바퀴 둘러보니
내 검은 눈이 환해졌다

나의 눈망울도
저 가운데 하나쯤 외로이 박혀서 못 내려왔으면,
빌었다

* 화순군 한천면 영외(營外)에 속한 마을.

박노식 | 1962년 광주에서 태어나 2015년 〈유심〉으로 등단했다. 등단 직후 모지母誌의 무기 휴간을 목도해야 했으나 사물의 의미와 심상을 깊이 천착하면서 꿋꿋하게 첫 시집을 준비하고 있다.

입장 차이

양전형

반상회 날 여러 사람 건의사항,
우리 올레에 가로등 놔 줍서
밤에 캄캄해 무섭습니다

우리 어머니 건의사항,
우리 올레 가로등 치워 줍서
텃밭 콩들 잠이 안 와
키만 크느라 열매가 안 달립니다

너에게로 가는 하루

양전형

사람이 하루에
눈 깜박이기 일만 일천 번
호흡하기 이만 이천 번

그 많은 횟수를
세상과 단절하고 숨이 멈추고

낼 저녁 약속,
너에게로 가는 하루

양전형 | 1953년 제주에서 태어나 1996년 시집『사랑은 소리가 나지 않는다』로 작품 활동을 시작했다. 일상의 사물을 통한 성찰과 긍정의 시편들을 꾸준히 써 오면서 제주어 시에도 많은 관심을 쏟고 있다.

명함 찢기

윤범모

생각나지 않는다
그의 이름
누구는 별호別號가 백 개도 넘었다던데
본명 하나 지키기도 쉽지 않다는 것인가

작은 산에 올라갔다
이름 없어도 그는 남 탓하지 않고 의젓하기만 했다

이름조차 없는 산에서
나는 명함을 찢었다
과연 아깝다는 생각까지 남기지 않고 찢었을까

신호등

윤범모

일요일 아침
아슬아슬하게 질주했다
드디어 신호등에 걸렸다, 고맙게도
차 안을 베토벤 심포니가 꽉 채우고 있었다
멈춰서니 곁에 풍류가 기다리고 있었다

나는 벌떡 일어나
신호등에게 꾸벅 절을 했다

윤범모 | 1950년 충남 천안에서 태어나 1982년 동아일보를 거쳐 미술평론가로 활동하는 가운데 2008년 〈시와시학〉으로 등단했다. 『멀고 먼 해우소』 등의 시집을 내며 활달한 언어 운용과 풍자의 시학을 펼쳐가고 있다.

도스토예프스키는 형장으로 끌려가면서 무슨 생각을 했을까?

이승하

죽음에 대한 공포보다
무서웠으리
사채업자에게 진 노름빚보다
무서웠으리
내가 죽어도
울어줄 사람이 없다는 사실이

치매

이승하

'까꿍'이란 말을 내게 처음 가르쳐주신 어머니
"까꿍!" 하고는 웃으신다
나는 돌아서서 운다

이승하 | 1960년 경북 김천에서 태어나 1984년 중앙일보 신춘문예로 등단
하여『감시와 처벌의 나날』등의 시집을 냈다. 삶을 억압하는 야만적 폭력
과 부조리에 맞서 인간성을 옹호하는 시세계를 꾸준히 천착해가고 있다.

길 위의 인생

최춘희

걷고 또 걷는다
얼마나 걸어야만
길의 끝을 만날까
길에서 시작해 길로 끝나는
영화의 엔딩 컷이 올라가고
길 위의 인생들 이탈을 모르고
오늘도 내일도
해는 날마다 새롭게
뜨고 진다

나팔꽃

최춘희

밤길 걸어와
닫힌 문 두드리고 있다
따뜻한 햇살 한 덩이
풀잎에 고인 물 한 모금 나눠달라고
굳게 잠긴 철옹성 빗장 향해
손등이 터져 피멍 들도록
두드리고
두드리고
귀 막고 눈 감은
우리들 잠을 깨운다

최춘희 | 1956년 경남 마산에서 태어나 1990년 〈현대시〉로 등단하여 『종이꽃』 등의 시집을 냈다. 시가 주는 치유의 힘을 믿으며 누군가에게 위로가 되는 따뜻하면서도 강한 서정의 시세계를 펼쳐가고 있다.

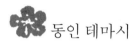 동인 테마시

오인태 | 윤 효 | 이지엽 | 함순례 | 김길녀 | 나기철 | 나혜경 | 복효근

씨

詩앗

오인태

싹 틔우지 못하는 씨앗을 얻다 써?

단, 한 사람 가슴에도 꽂히지 못하는 시를 뭣하러 써?

사막 8

윤 효

사막화가 진행되면서
생명 또한 모두 녹아버렸을 것이다.

녹아내리기 직전에
씨앗을 바람에게 맡겼을 것이다.

몇몇은 아직도
땅 위에 내리지 못했을 것이다.

좀 비켜서거라.
바람이 또 불어온다.

씨와 밭의 비밀

이지엽

길밭에는 낚시 바늘이 있고
돌밭에는 배반의 칼날이 있고
가시밭에는 돈과 염려와 향락의 기운이 있다*

씨는 말씀이고
밭은 마음이며
열매는 축복이다

* 누가복음 8장 5~15절.

아라연꽃

함순례

진흙더미 속에도 별이 뜨는지
칠백 년 만에 눈 뜬 씨앗이 피워낸 연꽃 속에는
불멸의 사랑에 이르는 지도가
그려져 있었다

따뜻한 우산

김길녀

세상에서 가장 큰 선물로 주신 지구별

더러는
찬비와 흰눈과 천둥번개
그리고 꽃의 나날
오고 갑니다

슬프지 않은 날이 더 많습니다

물마루

나기철

섬 여자 만나기 어렵다는
서울에서
섬 아가씰 데려왔다

이어질 것 같다

장삼이사

나혜경

　마당에 꽃씨를 심는 것도 논밭을 일구는 것도 집을
짓는 것도
　프랑스혁명도 독립운동도 민주화운동도
　평범한 김 이 박 씨들이 아니었으면 택도 없습니다

불씨

복효근

불에도 씨가 있어

불씨 하나로 온 세상을 다 태울 수도 있지

내 불에도 씨가 있지

세상에, 내가 불이었다니!

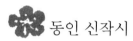 동인 신작시

오인태 | 윤 효 | 이지엽 | 함순례 | 김길녀 | 나기철 | 나혜경 | 복효근

문경새재

오인태

무슨 낭보를 듣자고 귀를 쫑긋 세워본다만,

문경聞慶새재엔 새 한 마리 날지 않네

흉흉한 것이 저 먹장구름뿐이랴

국운이 막장에 이르렀음을 아느니

억장이 무너져 못 넘겠네

낮술 한잔 해야겠다

오인태

우중우중 내리는 우중을 우중우중 걸어가는 아, 우중
아!

무당이 도운 각하의 연설문

오인태

  아하, 그래서 말씀마다 우주의 기운이 서려 있었던 게로구나!

  #그런데최순실은?

시시한 시

오인태

시가 짱돌이던 때가 있었다
시가 꽃병이던 때가 있었다

짱돌이 되지 못하는 시
꽃병이 되지 못하는 시

엿이나 먹어라 시!

사막 1

윤 효

"뭐하려 예까지 왔느냐?"

바람이 물었다.

"바짝바짝 타들어가는 목을 축이러 왔습니다."

대답이 채 끝나기도 전에

신발끈을 헤치고 내 발등을 나직이 쓰다듬는

손길이 있었다.

사막 2

윤 효

분명 여기서부터 사막이라고 했다.

이상했다.

낯설지가 않았다.

오히려 낯이 익었다.

황야에서, 그동안 황량한 줄도 모르고 꾸역꾸역 살아
왔던 것이다.

사막 6

윤 효

살아서 돌아오기 어려운 길이 있다는 사막 기슭에서

그를 만났다.

지는 해를 향해 걷고 있었다.

노을이 그의 뒤를 천천히 따르고 있었다.

오아시스 없는

미아리와 종로와 무교동과 서울역 앞을

걷고 또 걸었던

시인

김종삼金宗三.

사막 9

윤 효

사막이 답이다.

금수강산을

잔모래로,

갑甲도

을乙도

잔모래로,

삼천리

삼만리

가도 가도

평화롭게.

내가 사랑하는 여자
– 대나무 통밥

이지엽

붓 살 돈도 없는 아제
서울살이 참 팍팍하쥬
불여시 같은 여자 땜시
완죤 쑥대밭 된 나라

뜨신 밥 어여 드시요잉

인사동에서 만난
전라도 여자

내가 사랑하는 여자

— 창평국밥

이지엽

초장에 들깨가루
다 섞어도 선한 얼굴 그 여자

내장과 암뽕순대
국물 맛 끝내주는 여자

인생은 국밥 아니유
거 별거냐고 껌 씹는 여자

내가 사랑하는 여자

― 한과 쌀엿

이지엽

긍께 나랑
한 번 거시기 하믄 안 되것소잉
나만치 실하고 쫀득한 여자
한번 나와 보라 하시오잉
한 살림 차리자는 것도 아닌디
밸라도 빼고 그러요잉

내가 사랑하는 여자
– 후산리 은행나무

이지엽

큰 나무 위에 애기 나무
나무 경전이 된 여자

커다란 몸집을 가진
다산의 후덕한 여자

이게 뭐 부끄러운 일이당가
확 까놓고 젖 물리는 여자

통정
— 고비 1

함순례

흰 엉덩이 드러내고
오줌을 누며
가마득한 눈빛으로 앉아 있으면
건들바람이
휘~익
휘파람 불며 지나간다

별을 읽는 유목민의 상상력
— 고비 2

함순례

밤하늘에도 넓은 초원이 있을 거야

양을 치는 이가 있을 거야

나처럼 추위 떨면서 양가죽을 쓰고 있을 거야

생

— 고비 3

함순례

외딴 게르에 들어 마유주를 마시고 있는데
어린 여자아이가 수줍게 다가오더니 직접 만들었다
는 수공예품 가방을 펼쳤다

바람에 그을린 모형 마두금, 양털 인형, 양털 실내화
달빛 같은 얼굴로 하나하나 꺼내 놓았다

에미
— 고비 4

함순례

  낙타는 새끼를 낳을 때면 홀로 먼 들판으로 나간다지
요 무리 속에서 밟혀죽지 않도록 아무도 없는 들판에
가 새끼를 낳고 그 새끼가 스스로 걸을 수 있을 때까지
밤낮으로 지킨다지요 며칠 후 주인이 찾아와 새끼를 오
토바이에 싣고 집으로 향하면 어미낙타는 새끼를 따라
달린다지요 시속 칠십킬로미터 전속력으로 달린다지요
그렇게 빠를 수가 없다지요

집으로 오는 길

김길녀

효석의 봉평마을
메밀꽃 진 지 오래
글의 밭 튼실히 키우는 연필 나무들

카페 동 뜨락
청동의 선생이 미리 쓰는 겨울연가
식어가는 커피잔에 스미는 해질녘 풍금소리

늦은 사랑노래 하롱하롱
꽃 진 메밀밭에 함박눈으로 내리다

낙운재 樂雲齋

김길녀

구름마을이라 부르고 싶은 골짜기 끝자락
빨강고무대야에 이슬 받아
꽃에겐 말고
먹거리에게만 바치는
하루 한 번 막걸리 두세 잔
낮잠 한 번
꼭
지켜야 하는

꽁꽁 숨겨 놓은 그 자리

김영태 시인께 부치는 늦은 엽서

김길녀

생전에 볼 수 없었던 당신

매혹적인 아름다운 고집의 그늘 밤 근과 멀리 있는
무덤을
찾아서 전등사에 갔습니다

오래된 느티나무 아래
조약돌로 지은 작은 집에서
당신을 만났습니다

눈의 나라 사탕비누들이 된 백색 신부들과
눈 오는 양말을 신고 느리고 무겁게 그리고
우울하게 결혼식과 장례식에서 남몰래 흐르는
눈물 훔치며 그 누군가가 되어 다녀갑니다

다시, 길리낭구

김길녀

오로지
당신만을 향하여
무릎이 닳도록
기도하고
또
기도하리라
생애 처음
무릎 꿇고
신 앞에 다짐하는

내 영혼의 섬

야간 열차

나기철

멸치
갈치
우루무치

우루무치에 가면
우루무치라는
우아한 고기가 있어

일주일 달려온
나를
팔딱팔딱
맞아줄 것 같다

투루판

나기철

붉은 오성기 아래
천년나무 가지에서
오늘도 위구르 말로
우는
우는
새들

타고

나기철

동트는
구무타크 사막
물결 너머
타클라마칸 사막
타닥 타닥
낙타 등에
타고
방울 소리
천산天山 너머
땀방울
쓰다듬고
모두 버리고
타클라마칸
타닥 타닥

북촌

나기철

    풍문의 풍문여고 앞에 템즈강 지나 한강 넘어 맨부커
상 한강이 현수막에 오랜 종소리 종로 지나 오늘밤도
불켜진 세 교실 높아지는 빌딩 아래 흰 칼라 한 줌 풍문
같이

손발이 따뜻한 사람

나혜경

둥지에서 떨어진 어린 새의 입에 벌레를 잡아 넣어주
는 손
　시를 읽다가 자주 턱을 괴어 먼 데를 응시하는 손
　첫 마음을 잃지 않으려 지나온 달력을 자주 넘겨보는 손
　이 모든 가난한 곳에 부지런히 다다르게 하는 발

다행이다

나혜경

핸드폰에 있던 정보가 다 지워졌다
전화번호도 문자도 사진도 메모도 0이 되었다
복원하려면 배보다 배꼽이 더 커
0에서 다시 시작하기로 했다
0이 있어 다행이다

풀잎의 마음

나혜경

하룻밤 묵어가려고
풀잎의 등을 꼭 붙들고 있는
나비 한 마리

자세히 보니 그게 아니다

편히 쉬다 가게
나비를 꽉 보듬고 있는
풀잎

거울 속 가을

나혜경

모과나무 잎사귀 한 장
떨어지고 며칠 바닥을 구르고 구르더니
바람이 불자 바람 등허리에
가볍게 올라타고
손을 흔들며 담장을 넘어가더니
며칠이 지나도 돌아오지 않는다

근황

복효근

여기엔 나밖에 없습니다

그나마
방금 떠났습니다

연지

복효근

불 가득

겹겹 불의 꽃잎

그릇그릇 연밥이 익고

바람이 불자 연못엔 떼춤이

가득

불 가 득

장마

복효근

스테인리스 개 물그릇에
녹색 이끼가 끼었다

연못인 줄 알았을까
어린 무당개구리가 뛰어들었다 못 나가고 있다

하루 종일 물 높이가 그대로다

무언경 無言經

복효근

빈 하늘에 비행기 한 대
백묵으로 길게 밑줄을 긋고 지나간다
답을 일러주시는 것 같은데
이윽고 다시 빈 하늘이다

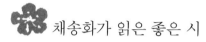

채송화가 읽은 좋은 시

문영규 | 서상만 | 정진규 | 이덕규 | 김경미 | 김수복 | 마경덕 | 고진하

화장실에서

문영규

'한 발 앞으로 다가와 주세요'

소변기 앞에서 나는

화들짝

나의 엉거주춤을 보고 말았다

딱 한 발짝이었다

하지만

어떻게 다가가는지

알 수가 없다

―유고시집『나는 안드로메다로 가겠다』갈무리

그렇지, 한 발짝, 한 모금, 한 조각, 한 순갈, 한 방울, 한 마디, 한 뼘, 한 잔, 딱 한 번이 늘 문제지. 한 순간 이승의 경계 너머로 아득히 사라진 시인이여. 〈오인태〉

낙관落款

서상만

다 늙은 고사목에 힐끗힐끗 새순이 곁가지를 치는 것
은 곧 죽어도 천년쯤은 고이 살붙이고 싶은 천륜天倫이
아닐는지 자국자국 매 맞아 피맺힌 발문跋文이여

— 《시와정신》 2016년 가을호

저 "발문跋文"을 쓰는 내내 무수한 '본문本文'의 갈피들이 얼마나 뒤척였을까. 소멸 즈음에도 본성을 잃지 않고 "새순"을 "치는" "다 늙은 고사목"의 아우라가 먹먹하다. 신생이 그러하듯 모든 소멸 또한 성스럽다. 노년 시의 진경을 개척해 가고 있는 시인의 붓끝이 푸르기만 하다. 〈윤 효〉

가을행行 하늘 비알

정진규

　건드려보니 마른 매발톱 꽃집 속에서 아득히 흔들리는 새까만 꽃씨 소리 여문 것들의 소리가 아찔하다 깊고 깊구나 우주가 가득 들어차 있구나 매 한 마리 내리꽂히는 하늘비알, 직선이 아득히 지워지고 있다

―《열린시학》 2016년 여름호

매 한 마리가 직하하는 하늘, 어떤 비백의 흔적도 없이, 출렁거림도 없이 가을은 혼자 적막하다. 아마 매발톱 꽃집 속에서 흔들리는 새까만 꽃씨 소리를 듣고 있는지도 모른다. 깊고도 아득하여라 한국의 가을은. 〈이지엽〉

무인도

이덕규

사람을 따돌리고

사람을 반성하는 중

　—시집『놈이었습니다』문학동네

사람은 서로에게 '살림'이고 안치환의 노랫말처럼 "꽃보다 아름"답다. 하지만 우리는 때때로 사람이 먹장구름처럼 무거워지는 경우를 겪는다. 그럴 때마다 반성하고 또 반성하게 된다. 즉, 반성할 줄 알아야 진정 사람이라는 것이다. 이 시의 발견과 역발상의 파동은 그것에서 온다. 우리는, 나는 지금 고독한 '무인도'에서 분노와 슬픔을 씹어 삼키며 건디고 있나니. 〈함순례〉

아홉가지 구색을 갖추다

김경미

그까짓 것이라며 더는 기다리지 않던 밤의 빗소리

주로 텅 비는 전화번호들

여행 트렁크에서 쏟아져나온 몇몇 나라의 낙엽과 양
말들

채워도 비워도 똑같은 이력서

첫인사만 새까맣게 되풀이하는 외국어교재들

처음 바르는 염색약 색깔과
어느 덧 자라난 다른 색깔의 머리카락들

양털 빛깔을 한 반성의 눈물을 벽에 붙인다

피요르드식 해안을 경작해온 나날들

죽으면 풍선에 매달아 멀리 띄워보내달라, 풍선 장례
葬禮을 위해

책상 서랍 가득한 풍선들.

—《열린시학》 2016년 가을호

때로는, 이루지 못할 욕망이라는 것도 있다지?

하나—함박눈 내리는 자작나무숲에서 길 잃기.

둘—사과꽃 피는 언덕배기에서 멍하니 저물녘 맞이하기.

셋—이국의 어느 카페에서 하루 종일 그림책만 보기.

넷—한 열흘 숲 속 오두막에서 묵언의 시간 가지기.

다섯—좋아하는 그릇에 맛있는 밥상 차려서 사랑하는 이들과
먹기.

여섯—어깨가 뻐근해질 때까지 그들에게 엽서 쓰기.

일곱—비 오는 목요일 오후부터 재즈만 들으며 세상에서 가장
쎈 독주를 마시고, 가장 달콤한 담배 연기 속에서 당신과 블루
스 추기.

여덟—한 번도 천사였던 적 없던 지난날을 위하여 처음으로
신 앞에 무릎 꿇기.

아홉—미리 쓰는 유서에 글자 대신 음표와 그림 그리기.

"책상 서랍 가득한 풍선들"이여…… 〈김길녀〉

초승달이 보름달에게

김수복

멀리서

내가 자꾸 전화를 거는 것

괜찮아, 엄마?

말해

말해 봐!

―《시와경계》 2016년 가을호

보름달은 해 질 무렵 떠서 해가 뜰 무렵 진다. 밤새 떠 있다. 훤하다.

지금은 초승달만 있다. 그 달은 둥근 눈썹 모양의 작은 달이다. 초승달은 안 보이는 보름달에게 자꾸 말을 건네 투정을 한다. 허나 그런 보름달이 언제 휙 꺼져 버릴지 모른다. 초승달은 점점 커지나 보름달은 작아진다.

서울의 내 아이들에게 푸짐한 내 아내는 보름달일까. 〈나기철〉

꽃등심

마경덕

둥근 접시에
선홍색 꽃잎이 활짝 피었다

되새김질로
등에 꽃을 심고 쓰러진 소여,

피처럼 붉은 저 꽃은
죽어야 피는 꽃이었구나

—시집『사물의 입』시와미학

소의 큰 눈을 보면 뭔가 할 말이 있는 것 같다. 말 한 마디 소리가 되어 나오지 못하는 소는 되새김질로 자신의 수많은 말들을 꺼내어 씹어 삼키고 다시 게워 내어 씹어 삼키기를 반복하는 건 아닐까. 일생을 묵언의 굴레에서 벗어나지 못하는 소, 뱉어 내지 못하고 삼켜야만 했던 고통의 시간은 오히려 몸과 마음에 켜켜이 아름다운 무늬를 숨겨 놓았겠다. 짐승이든 인간이든 죽음을 뛰어넘어야 비로소 꽃을 피우나 보다. 〈나혜경〉

월식
— 한 지구인의 인증샷

고진하

나를 어둡게 하는 건
바로
나로구나.

—시집 『명랑의 둘레』 문학동네

지구의 그림자가 달에 비춰 달이 어두워지니 지구가 어둡다. 내 어두운 그림자가 너에게 비춰져 너도 어둡게 하고 나도 어두 워지는구나. 무명에 싸여 사는 지구인, 내가 그렇다. 이 참담한 인증샷이라니! 〈복효근〉

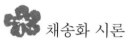 채송화 시론

감각의 입체적 배치와 詩의 울림 | 김진희

감각의 입체적 배치와 詩의 울림

김진희

문학평론가 · 이화여대 교수

1930년대 시인 이상李箱이 제비, 무기, 식스나인 등의 다방을 운영했던 것은 잘 알려진 사실이다. 그의 다방에는 늘 당대 유명했던 바이올리니스트 미샤 엘만Misha Elman의 바이올린 협주곡이 흘러나왔고, 벽면에는 쥘 르나르Jules Renard의 문장이 액자처럼 걸려 있었다. 그런데 이상의 절친한 문우이자 『소설가 구보씨의 일일』로 알려진 소설가 박태원朴泰遠은 다방의 벽면에 그림이나 사진이 아니라 르나르의 단문短文을 걸어둔 이상의 취미가 "선량한 끽다점 순방인喫茶店巡訪人"인 자신에게는 맞지 않는, 괴팍하고 괴이한 것이라고 불평하기도 했다. 이상의 다방을 기억하는 친구들의 이야기 속에 르나르는 자주 언급되고 있다. 왜 이상은 르나르를 좋아했을까. 이상이 다방의 벽에 걸어 놓았다던 르나르의 단문이란 어떤 것이었을까.

둘로 접은 사랑의 편지가 꽃의 주소를 찾고 있다

—「나비」

개미는 숫자 3을 닮았다.

여기도 3! 저기도 3!

333333333333……이 끝도 없다.

—「개미와 새끼 자고새」

민첩한 점화부(點火夫) 다람쥐는 꼬리로 작은 횃불을 들고, 나뭇잎들 사이를 이리저리 내달리며 가을에 불을 놓고 있다.

—「가을산이 붉은 이유」

이상은 아마도 위와 같은 단문을 액자에 그림처럼 넣어 걸어두었을 것이다. 단문의 주인공인 르나르는 바로 우리에게 소설『홍당무』로 알려진 작가이다. 프랑스 작가인 쥘 르나르Jules Renard,1864-1910는 1896년에 단문 모음집『자연이야기들Histoires Naturelles』을 처음 출간했고, 1899년에는 당대 화가 투르즈 로트랙이 삽화를 그린 2판을 출간했다. '뱀'을 '너무 길다', '푸른 도마뱀'을 '페인트칠 주의', '반딧불'을 '풀숲에 내린 달빛 한 방울!'이라고 비유했던 단문 등을 비롯하여 총 82개 항목의 소재에 대한 간명한 이미지와 느낌이 詩처럼 쓰인 이 책은 작가 스스로 '이미지의 사냥꾼'이라고 말하듯 동물, 곤충 등 자연에 대한 유머와 기지와 신비가 가득 찬, 간결하고 세련된 문체로 그려져 있다.

　이 책은 1934년 일본에서『전원수첩田園手帖』이라는 이름으로 번역, 소개되어 인기를 누렸는데, 우리나라에서는 1959년 이미지즘의 시인 장만영張萬榮에 의해『박물지博物誌』라는 이름으로 처음 번역되었다. 원서의 이름인『Histoires Naturelles』를 확인하지 않으면 세 권이 모두 다른 책인 것처럼 보인다. 르나르의 단문은 이미지와 감각에 기초해 일상이나 전원에서 흔히 볼 수 있는 소재들을 함축적이고, 비유적인 언어로 형상화하고 있기 때문에 1930년대 시인들의 짧은 시 형상화에 어떤 영감을 제공했다.

모닥불의 붉음을

죽음보다도 더 사랑하는 금벌레처럼

汽車는

노을이 타는 서쪽 하늘 밑으로 빨려 갑니다.

— 김기림, 「기차」

이상과 함께 구인회 일원이었고 시각적 이미지를 중시했던 김기림金起林에게도 감각적이고 재치 있는 단시短詩가 많이 보인다. 제물포 풍경을 노래한 위의 작품 역시 짧은 시인데, 기차가 가진 형상을 시각적 이미지로 형상화한 작품이다. 기차라는 기계 문명이 상징하는 속도와 명랑성을 금벌레라는 색채로 드러내면서 붉은 하늘과 대비시키고 있다. 그러나 한편 '죽음보다 더 사랑한다', '빨려 들어간다'라는 진술은 색채가 주던 긍정성과는 대조적으로 문명에 대한 김기림의 비판의식을 느끼게 한다. 이처럼 간명한 시각적 이미지와 지적인 과정을 통해 사물의 의미를 드러내고자 했던 1930년대 한국 모더니즘 시인들의 노력 속에서, 르나르의 단문이 왜 특히 이미지를 중시했던 시인들에게 주목 받았는지 이해할 수 있다.

이상李箱이 르나르의 작품을 좋아했던 이유는 그의 단문이 에피그램epigram적 성격을 갖고 있었기 때문이다. 일반적으로 조각이나 묘비석에 덧붙여진 문자를 의미하는 에피그램은 문학뿐 아니라 조형예술의 한 장르로 문자가 가진 시각적 이미지가 의미를 이해하는 데 중요하게 작용한다. 비문碑文에서처럼 '상황이나 행동 등이 영원히 기억될 수 있도록 요약하는 매우 짧은 시'를 의미하는 에피그램은 예술사에서 특별한 주제나 목적을 염두에 두고 예리하게 정곡을 찌르는 위트가 가미된 짧은 시로 이해되고 있다. 에피그램은 20세기 초 유럽의 아방가르드 예술의 실험적 형식에 계승되었다. 이상 역시 「오감도」 등을 발표할 때 타이포그래피Tyoography라고 하는 문자의 시각적 효과를 사용했는데, 이는 '아름다운 상형문자'라는 뜻으로 출간된 아폴리네르의 『칼리그램Calligrammes』이라는 시집에서도 추구된 것이었다.

　이상은 르나르의 단문에서, 대상이 가진 형상을 언어가 감각적으로 포착하여 그 의미를 만들어 내고 있음에 특히 주목했음을 알 수 있다. 나비 날개의 포개진 모습에서 사연을 담은 편지의 형상을 떠올린다든지, 붉은 가을산과 다람쥐의 관련성을 만들어 자연의 공생을 이야기한다거나 개미의 형상을 숫자 3으로 그림으로써 그 마리 수와 집단성을 강조하는 방식은 사물이나 대상이 가진 의미를 시각적인 이미지로 구현할 뿐만 아니라 이런 비유가 일상적인 이해를 넘어섬으로써 상상의 힘과 위트를 느끼게 한다.

　동시대 시인 김광균金光均 역시 20세기 초 프랑스 파리의 시단을 소개하는 글에서 장 콕토Jean Cocteau와 앙드레 살몽 André Salmon 등의 단시短詩를 소개한 바 있는데, 특히 장 콕토는 시인들 사이에서 상당한 인기를 누렸다.

　　내 귀는 소라껍질
　　바다 소리를 그리워한다

　　　　　　　　　　　　　　　　　—장 콕토,「귀」

비누방울 속으로

정원은 들어갈 수 없는 것이기에

둘레를 그저 빙빙 돌고만 있다

—장 콕토,「비누방울」

「귀」라는 제목으로 잘 알려진 작품은 원래「Cannes」연작 시 중에서 5번 시이다. 장 콕토의 칸느 바닷가의 경험이 반영된 이 짧은 시는 귀와 소라껍질이라는 작은 존재들의 시각적 유사성에서 출발했지만 그 의미의 청각적 울림은 큰 공간으로 확장해나간다. 시각적인 이미지와 청각적인 이미지가 함께 겹쳐지면서 시의 공간이 입체화된다. 소라껍질에서 파도 소리가 울리고, 다시 파도 소리가 귀로 옮겨오는 순환적 구성 속에서 그 소리의 울림은 인간과 자연을 매개하면서 무한한 바다에 대한 인간의 노스탤지어를 불러

일으킨다. 다음에 인용한 작품 「비누방울」에서 시인은 비누방울에 비친 정원을 바라보면서, 정원이 영원히 비누방울 안에 들어가고 싶어 한다고 상상한다. 비누방울이 유년의 아름다운 시간과 공간을 환기하는 대상이라면 그 주위를 맴도는 정원은 이제는 땅과 일상에 발을 붙이고 사는, 성년의 인간을 의미하는 것 같다. 그런데 텍스트 속에서 비누방울과 정원은 하나가 되어 펼쳐져 있다. 비누방울 속에도 정원이 있고 정원 안에도 비누방울이 떠다닌다. 아름답고 신비한 세계 속에 들어가고 싶은 인간의 꿈과 빙빙 도는 무력감. 이런 대립적 의미의 공존과 차이 속에서 우리의 사유는 복합적이며 입체적으로 진화한다.

동서양의 예술적 전통 속에서 고대로부터 시와 그림은 함께 이야기되어 왔다. '그림은 말없는 시, 시는 말하는 그림'이라는 언급이나 '시중유화詩中有畵, 화중유시畵中有詩' 등의 시론은 시의 창작에서 시인이 어떤 시각적 대상을 선택하는가가 그 의미 생성에 주요한 역할을 하고 있음을 말해준다. 짧은 시가 최소한의 언어로 의미를 만들어야 한다는 점을 상기한다면, 그 텍스트는 함축적인 이미지를 담고 있는 한 장의 그림과 같을 것이다. 장 콕토나 이상 모두 이런 동서양의 예술 전통 속에서 언어와 이미지를 결합시키는 시적 장치에 주목했으며 평면적인 감각의 배치가 아니라 언어와 이미지들이 조형적이고 입체적으로 그 울림을 만들어 냄으로써 짧은 시에서 독자들이 풍부한 시적 의미를 읽을 수 있도록 하였다.

장 콕토의 시는 두 행, 세 행으로 이루어진 짧은 시이지만, 비유나 의미가 간명하고도 진지하다. 정서적 울림 역시 풍부하다. 이런 의미에서 볼 때 1930년대 한국 시인들이 주로 주목했던 짧은 시의 형상화 방식은 시각을 중심으로 한 감각과 의미의 입체적인 배치이다. 그것은 일차적으로는 언어의 함축적 의미와 시각적 효과를 병치시켜 두세 겹의 의미를 얻고자 하는 것이며 나아가 시각, 청각, 후각 등 감각을 단일하게 사용하는 것을 넘어 그 감각들이 서로 부딪치고 교차하여 좀 더 다양하고 풍부하게 자신의 의미를 갖게 하는 일이다. 그러므로 오늘의 '짧은 시' 역시 선명한 감각과 입체적인 텍스트로 독자와 만날 때 그 언어는 절도 있으면서도 강렬한 정서적 힘을 발휘할 것이라 생각한다.

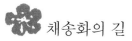 채송화의 길

작은詩앗·菜송화 창간호 내 안에 움튼 연둣빛

- 발행일 | 2008년 3월 12일
- 중진 초대시 | 김남조 서정춘 나태주
- 지역 초대시 | 김광렬 김용화 박구경 박성우 반칠환 심수향 황재학
- 동인 신작시 | 나기철 복효근 오인태 윤 효 이지엽 정일근 함순례
- 작은 시론 | 신진숙 ― '작은 詩'의 힘

작은詩앗·菜송화 제2호 하늘이 바다를 만날 때

- 발행일 | 2008년 7월 7일
- 초대시 | 유자효 유재영 한기팔
- 菜송화의 친구들 | 김백겸 김수열 나혜경 박정애 양 곡 이 경
  임정옥 조재도
- 동인 신작시 | 나기철 복효근 오인태 윤 효 정일근 함순례
- 菜송화 시론 | 이은봉 ― 시는 어떻게 어디서 오는가

작은詩앗·菜송화 제3호 하늘 우물

- 발행일 | 2008년 12월 10일
- 연재시 | 김남조
- 초대시 | 민영 이시영 권명옥
- 菜송화의 친구들 | 류인서 문복주 이강산 정군칠 정 숙
- 동인 신작시 | 나기철 복효근 오인태 윤 효 이지엽 정일근 함순례
- 菜송화 시론 | 유성호 ― 시간 형식으로서의 서정

작은詩앗·菜송화 제4호 모란 구름

- 발행일 | 2009년 4월 23일
- 초대시 | 문효치 유안진 김준태
- 菜송화의 친구들 | 공광규 김수영 배한봉 신병은 이홍섭
- 동인 신작시 | 나기철 복효근 오인태 윤 효 이지엽 정일근 함순례
- 菜송화 시론 | 정효구 ― '자발적 가난'의 시학

작은詩앗·菜송화 제5호 중심의 색깔
- ■ 발행일 | 2009년 10월 30일
- ■ 연재시 | 김남조
- ■ 초대시 | 강희근 천양희 허형만
- ■ 채송화의 친구들 | 곽구형 김경훈 문정아 성선경 우진용 정경남
- ■ 동인 신작시 | 나기철 복효근 오인태 윤 효 이지엽 정일근
- ■ 채송화 시론 | 정한용 ― 지금 여기에서

작은詩앗·菜송화 제6호 탱자냄새가 났다
- ■ 발행일 | 2010년 5월 1일
- ■ 한국의 명시 | 김현승 ― 마지막 地上에서
- ■ 연재시 | 김남조
- ■ 초대시 | 오세영 송수권
- ■ 채송화의 친구들 | 김석교 김추인 남혜숙 박서영 송 희 안용산
  이 헌
- ■ 동인 신작시 | 김길녀 나기철 나혜경 복효근 오인태 윤 효 이지엽
  정일근 함순례
- ■ 채송화 시론 | 이성모―말 줄임, 그리고 조금 느리게

작은詩앗·菜송화 제7호 칠흑 고요
- ■ 발행일 | 2010년 12월 16일
- ■ 한국의 명시 | 박용래 ― 저녁눈
- ■ 초대시 | 강우식 이가림 문인수
- ■ 채송화의 친구들 | 강희안 고우란 권덕하 안효희 이 공 이성배
  이응인
- ■ 동인 신작시 | 김길녀 나기철 나혜경 복효근 오인태 윤 효 이지엽
  정일근 함순례
- ■ 채송화 시론 | 박해림 ― 서정과 소통

작은詩앗·채송화 제8호 엣날 애인이 찾아왔다

- 발행일 | 2011년 6월 30일
- 한국의 명시 | 김종삼 — 民間人
- 초대시 | 노향림 정희성
- 채송화의 친구들 | 김규중 김동찬 김지헌 오창렬 육근상 장시우
- 동인 신작시 | 김길녀 나기철 나혜경 복효근 오인태 윤　효 이지엽
　　　　　　　정일근 함순례
- 채송화 시론 | 이승하 — 짧은 시의 깊은 의미, 긴 여운

작은詩앗·채송화 제9호 울음의 본적

- 발행일 | 2012년 12월 3일
- 한국의 명시 | 이용악 — 북쪽
- 초대시 | 김종길 박희진 이하석
- 채송화의 친구들 | 강덕환 유대준 이승신 정진경 홍사성
- 동인 신작시 | 김길녀 나기철 나혜경 복효근 오인태 윤　효 이지엽
　　　　　　　정일근 함순례
- 채송화 시론 | 황인원 — 짧은 시의 힘

작은詩앗·채松화 제10호 시인의 견적

- 발행일 | 2013년 6월 17일
- 한국의 명시 | 김영랑 — 동백잎에 빛나는 마음
- 초대시 | 김후란 허영자 이건청
- 채송화의 친구들 | 김인육 김종태 심옥남 이경호 이채민 정순옥
　　　　　　　조동례
- 동인 신작시 | 김길녀 나기철 나혜경 복효근 오인태 윤　효 이지엽
　　　　　　　정일근 함순례
- 채송화 시론 | 안수환 — 하늘은 쉽고 땅이 간결하니 시는 짧게

작은詩앗·채송화 제11호 낮은 것들의 힘

- 발행일 | 2014년 2일 17일
- 한국의 명시 | 서정주 — 祈禱 壹
- 초대시 | 문정희 김남곤 서상만
- 채송화의 친구들 | 권선희 김규성 안성덕 진하 최명란 홍우계
- 동인 신작시 | 김길녀 나기철 나혜경 복효근 오인태 윤 효 이지엽
  함순례
- 채송화 시론 | 호병탁 — 시, 스스로 취한 필연적인 짧은 형상

작은詩앗·채松화 제12호 먼 산

- 발행일 | 2014년 12월 22일
- 한국의 명시 | 이병철 — 나막신
- 초대시 | 신달자 김동호 문충성
- 채송화의 친구들 | 강신용 김선아 동시영 박정자 소복수 유강희
  이제니 하 린
- 동인 신작시 | 김길녀 나기철 나혜경 복효근 오인태 윤 효 이지엽
  함순례
- 제1회 작은詩앗·채松화 신인상 | 오은정
- 채송화 시론 | 이상옥 — 품격 있는 극서정

작은詩앗·채松화 제13호 도다리쑥국

- 발행일 | 2015년 5월 21일
- 한국의 명시 | 박목월 — 牡丹餘情
- 초대시 | 임 보 이수익 이상국
- 채송화의 친구들 | 고증식 김원욱 안현심 유홍준 이경철 이원규
  이형우
- 동인 신작시 | 김길녀 나기철 나혜경 복효근 오인태 윤 효 이지엽
  함순례
- 채송화 시론 | 김유중 — 시 쓰기의 윤리와 시인의 양심

작은詩앗·菜송화 제14호 메롱

- ■ 발행일 ǀ 2015년 12월 9일
- ■ 한국의 명시 ǀ 정지용 — 九城洞
- ■ 초대시 ǀ 오탁번 권달웅 최동호
- ■ 채송화의 친구들 ǀ 강연옥 권혁소 김수우 김 영 박주하 석성일
  　　　　　　오성일
- ■ 동인 신작시 ǀ 김길녀 나기철 나혜경 복효근 오인태 윤 효 이지엽
  　　　　　　함순례
- ■ 채송화 시론 ǀ 이숭원 — 리듬과 응축

작은詩앗·菜송화 제15호 깜밥

- ■ 발행일 ǀ 2016년 6월 7일
- ■ 한국의 명시 ǀ 백석 — 白樺
- ■ 초대시 ǀ 이근배 김형영 상희구
- ■ 채송화의 친구들 ǀ 금 희 김명원 김성수 윤제림 정운자 채인숙
  　　　　　　함민복
- ■ 동인 신작시 ǀ 김길녀 나기철 나혜경 복효근 오인태 윤 효 이지엽
  　　　　　　함순례
- ■ 채송화 시론 ǀ 김남호 — 채송화는 전압이 높다

작은詩앗·채송화 제16호

쑥대밭

초판 1쇄 인쇄일 2016년 11월 16일
초판 1쇄 발행일 2016년 11월 23일

지은이 | 작은詩앗·채송화
펴낸이 | 노정자
펴낸곳 | 도서출판 고요아침
주 간 | 이지엽
편 집 | 김남규

출판 등록 2002년 8월 1일 제 1-3094호
03678 서울시 서대문구 증가로29길 12-27 102호
전화 | 302-3194~5
팩스 | 302-3198
이 메 일 : goyoachim@hanmail.net
홈페이지 : www.goyoachim.com

ISBN 978-89-6039-894-8 (03810)